가만히 있어도
괜찮다 말해주길

가만히 있어도 괜찮다 말해주길

펴 낸 날 | 2020년 6월 17일 초판 1쇄

지 은 이 | 남궁원
펴 낸 이 | 박지민
책임편집 | 선 명
책임미술 | 디자인온
일러스트 | DDD
마 케 팅 | 박종천, 박지환

펴 낸 곳 | 모모북스
서울특별시 동대문구 왕산로81 203-1호(두산베어스타운)
전화 | 010-5297-8303 팩스 | 02-6013-8303
등록번호 | 2019년 03월 21일 제2019-000010호
e-mail | pj1419@naver.com

ISBN 979-11-90408-08-0 03810

이 도서의 국립중앙도서관 출판시도서목록(CIP2020021312)은 서지정보유통지원시스템 홈페이지 (http://seoji.nl.go.kr)와 국가자료공동목록시스템(http://www.nl.go.kr/kolisnet)에서 이용하실 수 있습니다.

가만히 있어도
괜찮다
말해주길
남궁원 지음
모모
북스

프롤로그

하루에도 수없이 많은 감정들이 생겨나는 요즘입니다. 그 속에는 좋은 감정들도 있겠지만 안 좋은 감정들과 떠올리기 싫은 생각들도 함께합니다. 저와 같이 이 세상을 살아가는 당신들의 하루하루에도 힘들고 지치고 움츠러든 마음이 차오를 테지만, 우리가 이 아픈 상처들을 모두 끌어안고 있어야만 하는 이유는 없습니다. 그건 제가 『가만히 있어도 괜찮다 말해주길』을 쓰기로 결심한 가장 큰 이유이기도 합니다.

때로는 따뜻한 위로를 담고 때로는 친구처럼 따끔한 충고를 담아, 당신의 용기와 자존감을 높여주길 바라는 간절한 마음으로 한 자 한 자 정성들여 쓴 마음의 처방전을 당신께 보냅니다. 살아가면서 우리가 어찌할 수 없는 흔들림을 마주할 때 한 번씩 꺼내보며 마음을 다잡을 수 있는 진통제 같은 책이 되었으면 좋겠습니다.

당신의 마음이 밝고 희망차고 행복했으면 좋겠습니다.

2020년 6월

남궁원

| 차례 |

둘, 오늘이라는 행복을 흘려보내려는 당신에게

셋, 완벽하지 않아도 괜찮다 말할게

넷, 그래도 계속 해보겠다면

다섯, 사소하지만 진심 어린 말 한마디

하나,

아마도
흔들리는 중입니다

그거 알아?

사실은 결과가 중요한 게 아니야.

후회 없이 시도했느냐가 중요한 거지.

부담감에 사로잡히지 말아요

굳이 무언가를 꼭 해야 한다는
부담감에서 벗어나길.
그저 넋 놓고 멍하니 있어도
괜찮으니 불안해하지 말길.
항상 바쁘게만 살아야 한다는
세상의 거짓말에 속지 말길.

가만히 있어도 괜찮으니
마음이 정리될 때까지
천천히 기다리기.

좋아하는 것도 없고 잘하는 것도 없다면

좋아하는 것도 잘하는 것도 없어서
어떻게 해야 할지 모르겠다면
그런 사람들에게는 이 말을 전하고 싶어요.
우선 다양한 경험을 해보라고.
이것저것 많은 경험을 쌓다 보면
나와 맞는 것이 무엇인지 발견할 수도 있고
해보고 싶은 것을 찾을 수도 있으니까요.

지금 당장 좋아하는 것도 잘하는 것도 없다고
우울감에 빠지지 말아요. 차라리
이런저런 새로운 일들을 경험해보는 게
더 이로울 거예요.

아직 찾지 못했을 뿐
좋아하는 것과 잘하는 것은
누구에게나 다 있어요.

완벽할 수 없습니다

무엇을 하려 하든
완벽하려고 하면 시도조차 할 수 없어요.

원래 조금 부족하고
원래 조금 불안정하고
원래 조금 두려운 거예요.

그렇게 완벽하지 못한 상태에서
하나씩 하나씩 이루어 채워나가요.

진정한 당당함

남들은 모르는 내 자신을
똑바로 마주할 수 있을 때,
진정한 당당함은
그때 나오는 거예요.

내가 나에게 주는 가장 큰 선물

내가 나에게 주는 가장 큰 선물은
좋은 음식이 될 수도
명품 옷이 될 수도
여행이 될 수도
편한 휴식이 될 수도 있지만,

그중에서도 가장 큰 선물은 스스로에게
사랑한다 말해주고
고맙다 말해주고
괜찮다 말해주는 거예요.

내가 나한테 주는 애정만큼
값진 선물은 없으니까요.

삶도 그림처럼

눈앞에서 봤다가

한 발짝 떨어져서 봤다가

조금 더 뒤에서 보면

모두 다 다르게 보일 거예요.

우리의 삶도 그래요.

우리가 서 있는 곳에서 바라본 모습 하나로

쉽게 삶을 판단한다면

아름다운 풍경을 놓칠지도 몰라요.

내가 그린 대로

사람은 마음이 그린 그림대로
인생이 흘러가게 돼요.

울상인 사람이 계속 울상인 것도
웃는 사람이 계속 웃을 수 있는 것도
마음속 그림대로 삶이 따라가기 때문이에요.

당신의 요즘이 마음에 들지 않다면
마음속에 새하얀 도화지를 펼쳐서
원하는 삶을 스케치하고 색을 채워봐요.

그린 대로 흘러갈 거예요.

'나'라는 그림

'나'라는 그림이 있어요.
나를 감상하는 사람마다 각자 다른 해석을 해요.

너는 이런 사람일 거야.
너는 저런 사람일 거야.

그 사람들을 쫓아다니며
일일이 그림을 설명할 필요 없어요.

모든 사람들에게 사랑받는 그림은 없으니까요.
비평가들이 말하는 나의 단점은
나를 좋아하는 사람들에겐 매력으로 느껴질 수 있고
비평가들이 말하는 단점을 고치면
그 단점을 좋아하던 사람들이 떠나갈 수도 있겠죠.

그러니 기억하세요.

모든 사람들이 나를 사랑할 수도,
미워할 수도 없는 거예요.

나는 나로서
나에게 충실히
나를 속이지 말고
나 자신 그대로

인생이란 그림을 계속 그려 나가기만 하면 되는 거예요.
겉핥기식으로 나를 감상한 사람들의 평가에 휘둘리지 마세요.
나는, 나다울 때 가장 아름다워요.

나란 그림에 새카만 먹물이 튀도록 내버려 두지 마세요.

누가 나를 싫어해도

누군가 나를 싫어한다고
신경 쓰고 의식하면서 피곤하게
살 필요 없어. 어차피 인간관계라는 게
열 명이면 열 명 다 나를 좋아할 수 없고
나를 싫어하는 사람도 한두 명 있기 마련이야.
일일이 신경 쓴다고 달라지는 것도 없어.
너는 그냥 쿨하게 싫어하든 말든

나를 좋아하는 사람과
하하호호 웃으면서 지내면 돼.

아무 생각도 하지 말고
가만히 있는 시간

내 마음의 진정한 소리를 들으려면
가만히 그저 가만히
복잡한 감정들이 잔잔해질 때까지
가만히 기다리면 돼요.
일시적이고 순간적인 감정들의
소리는 점점 사라지고
내 마음이 진정으로 외치는 소리가
가슴에 천천히 천천히 맴돌기 시작할 거예요.

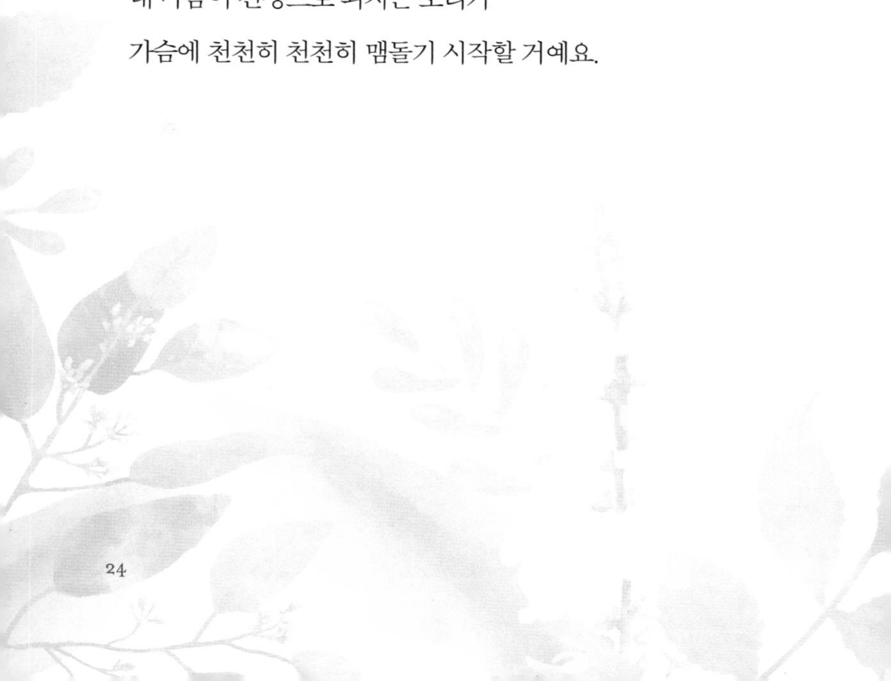

간단히 생각하기

혼란스러울 때일수록
단순함을 택해야 하는 이유는
복잡함은 있는 그대로의 실체를
흐리게 만들기 때문이야.

고민은 많은데 어느 것도 해결되지 않는 이유 또한
너무 복잡하게 생각하기 때문이지.

살다 보면 그런 날이 있지

어떻게 해야 할지 모르겠는 막막한 날.

도저히 정리가 되지 않는 답답한 날.

이런 날에 부딪혔을 때에는

아무 생각하지 말고 되는 대로 살아봐요.

머리와 마음을 비워줄 때가 되었다는 뜻이니까요.

나로 살기

자신에게 거짓말하고
매사 가식적이고
나의 느낌보다 남의 느낌에 더 신경 쓰고.

내 삶이 아닌 남에게 보이기 위한 삶을 살면
진짜 나를 잃어버려요.

자신을 잃은 삶은 절대로 행복할 수 없어요.

비교하지 말아요

비교는 열등감을 낳고
열등감은 질투를 낳고
질투는 분노를 낳습니다.

남의 인생과 비교하지 마세요.
어차피 출발선도 목적지도
가는 방향도 속도도
모두 다 제각각이에요.

남들이 얼마만큼 어떻게 가는지는 중요하지 않아요.
내가 잘 가고 있는지 부족함은 없는지
내 길을 갈고 닦는 것이 중요해요.

나를 믿는 방법

나를 믿고 싶어도 말처럼 쉽게 되지 않아
무슨 일을 하든지 불안정하다면,

자기와의 약속을 정하고 어떠한 일이 있어도
무조건 약속을 지키세요.

그렇게 하나하나 자기와의 약속을 지키다 보면
어느새 스스로를 신뢰하고 있을 거예요.

믿음은 실천으로부터 시작돼요.

열등감

가끔씩 내 안에서 부글부글 끓어오르는
열등감을 잠재우는 방법은

남을 시기하지 말고 인정함과 동시에
나만의 길로 나만의 걸음으로
나의 길을 한 걸음 한 걸음 내딛는 거예요.

늦어도 괜찮고 천천히 해도 괜찮으니
멈추지 말고 나를 발전시키기로 해요.

무언가 두려울 때

네가 두려워해야 할 것은
너의 마음속에 있는 무언가가 아니라,
언젠가 후회에 잠겨있을 너를
보게 되는 일이야.

이것에 비하면
지금 가지고 있는 두려움은
더 힘들지도 더 무섭지도 않아.

잠깐의 용기는 디딤돌일 뿐이야.
올라서면 두려움은 사라져.

중요한 건 나를 믿는 마음

남들이 어떻게 생각하느냐가 중요한 게 아니야.

내가 어떻게 생각하는지가 중요한 것이지.

네가 오랫동안 생각하고 담아뒀던 무언가를

남들이 가볍게 던지는 한두 마디에

무너뜨리는 일이 없었으면 해.

너는 너를 조금 더 믿을 필요가 있어.

쓸데없는 것에
집중하지 말아요

나에게 집중하고
내 삶에 집중하면
사실 주위 시선과 소리들은
신경조차 쓰이지 않아요.

예쁜 꽃을 바라볼 때
주위 풍경이 어떻든 간에
그날 날씨가 어떻든 간에

다 잊은 채
그 꽃에 푹 빠져 있는 것처럼요.

그러려니

참기만 하면 바보라지만
너무 예민해져 온 세상이 적인 것보다는
그러려니 넘기는 편이 낫고

잊지 못하는 상처가 있다지만
마음에 두고두고 곱씹으며 감정소모 하는 것보다는
그러려니 넘기는 편이 나아요.

내가 바보여서가 아니고
내가 못나서가 아니라
소중한 내가 조금이나마 안정감을 찾을 수 있게
때로는 그러려니 넘기는 편이 좋은 거예요.
그래도 괜찮아요.

자책하지 말아요.

더 잘하려고 그랬던 거예요.

후회하지 말아요.

더 잘하려고 그랬던 거예요.

더 잘하려고 노력했던 그 마음이 중요한 거예요.

도전

과거에 잘났든 못났든 실패했든
신경 쓰지 말아요. 다시 시작하기로 했다면
처음부터 시작인 거예요.

뒤는 신경 쓰지 말고 내 페이스로
쭉 달리면 돼요.

중심 잡기

살아가다보면 어느 때엔
마음의 온도가 이랬다저랬다 저울질하며
혼란스러운 날이 온다.
어렸던 내가 어른이 되어가는 것이고
어른인 내가 더 단단해지는 것이다.

뜨거울 때는 뜨거운 대로
차가울 때는 차가운 대로
아프고 시릴 때는 나름 그런 대로.

큰일이 날 것 같지만 큰일은 일어나지 않고
어떻게라도 해야 할 것 같지만
흔들리는 대로 놔둬도 괜찮다.

그저 내 마음이 중심을 잡는 중일 뿐이니까.
고요하게 수평을 잡는 내일이 올 테니까.

행복하면 된 거야

어떻게 살았던 간에
어떻게 살고 있든 간에
위로, 충고, 조언, 롤모델, 멘토
이런 거 다 필요 없이.

내 삶이 지금 행복하고
내 삶에 지금 내가 만족하면
힘내지 않아도 괜찮고
발버둥 치며 살지 않아도 괜찮아.

행복한 삶이 가장 잘살고 있는 거고
행복하다면 어떤 소리든 신경 쓰지 말고
그 삶 그대로 유지하며 살면 돼.

행복한 사람에게 이래라 저래라
훈수 둘 수 있는 말 따위는 이 세상에
존재하지 않으니까.

담장 너머

남들과 비교하며 살지 말아요.
삶이란 나만의 정원을 만드는 거예요.
담장 너머의 다른 정원이 더 크고 아름답다고
내 정원의 향기가 사라지는 건 아니에요.

까치발 들어 눈 돌리지 말고
나만의 정원을 더 가꾸고 아끼기로 해요.

걱정에 대하여

유독 다른 사람들에 비해
걱정과 고민이 많은 사람이 있어요.
마음을 편히 가지려 노력해도 쉽지 않은 거겠죠.

오늘도 뭔가 하나 마음에 걸려 있다면
걱정 안 하겠다고 자신을 압박하지 마세요.
부담감만 커질 뿐이에요.

그냥 걱정하세요. 걱정하되,

실제로는 부풀려 생각하고 있다는 사실을
생각한 것만큼 극단적인 일은 오지 않는다는 사실을
지금 내 걱정은 습관이라는 사실을
기억하세요.

걱정은 허상이에요.

사람들은 생각보다

쉽게 지나치고

쉽게 잊는다.

스스로 부끄럽고 창피하다

여기는 일이 있었다 해도

얼마 못 가 사람들은 금세 잊어버린다.

사람들을 의식하여

피곤한 삶을 자초하지는 말자.

어차피 사람들에게 나는

지나가는 행인1에 불과할 테니까.

놀부 심보

사람의 욕심이란 참 한도 끝도 없어서
좋은 성과를 이루었음에도 나를 갉아먹고
스스로에게 조금도 만족하지 못하게 해요.

욕심을 내더라도
순간순간을 만족하며 자신을 쓰다듬어 줘야
더욱 멀리 더욱 높게 갈 수 있어요.

욕심만 부린 놀부는
결국 얼마 가지 못했잖아요.

할 수 없다고 말하는 이유

서커스단의 코끼리가 사슬을 끊지 못하는 것처럼
나무에서 떨어진 새가 날지 못하는 것처럼

과거 실패에 붙잡혀 있는 건 아닌지.

사슬을 끊을 수 있는 힘이 생겼는데도
날 수 있는 날개가 생겼는데도

과거와 현재는 엄연히 다른데도 말이야.

변할 수 있더라고

나는 조금 예민하고
부정적인 생각도 많이 하는 편이야.
그런데 누군가 내게 와서 말하더라.

속는 셈 치고
감사한 일 없어도 감사하다 말하고
내 생각과 달라도 긍정적인 생각을
하나씩 해보라고.

그렇게 1년 정도 지나니
전과는 다른 삶을 살고 있더라고.

사람은 보이는 대로 본다

아무리 괜찮은 사람도 자신감이 없으면
별 볼 일 없어 보이고
아무리 못난 사람도 자신감이 넘치면
함부로 대할 수 없다.
자신의 가치는
자신이 정하기 때문이다.

사람들은 보이는 대로 볼 뿐이다.

진짜 나를 알고 싶다면

남의 시선을 의식하지 말 것.

최대한 많은 경험을 해볼 것.

내가 좋은 것과 싫은 것을 명확히 할 것.

그리고 따라하지 말 것.

화가 날 때면

가슴에 화가 가득 차
주체할 수 없을 것 같을 때는
이 스쳐 가는 분노로
나의 소중한 시간들을 망칠 수는 없다고
생각해보세요.

남이 아닌 나를 위한 생각이여서
분노가 순식간에 쓸려가요.

나는 할 수 있는 사람인데

내 어림짐작으로

가능성조차 막아버린 건 아닌지.

삶에서

가장 강력한 무기와
가장 튼튼한 방패는
용기와 흔들리지 않는 정신이에요.

누가 뭐라 하든 흔들리지 않는 방패로
꿋꿋이 버티며
용기라는 무기로 앞을 헤쳐 나간다면
무엇 하나 이루지 못할 게 없어요.

나를 위해서

누군가에게 쓴 소리를 들으면
당연히 기분이 상하겠지만,
얼른 잊고 다시 좋은 기분으로
전환할 줄 알아야 해요.

상대방이 아닌
나를 위해서.

나에게 집중하기

남이 보는 시선 말고 내 시선으로.
남이 좋다 생각하는 것 말고 내가 좋은 것으로.
남의 말에 휘둘리지 말고 내 소리에 귀 기울이고
남의 삶 말고 내 삶을 살기로.

나에게 집중하기로.

내가 못났다고 생각된다면

나는 안 돼.

나는 못해.

나는 못났으니까.

내가 그렇지 뭐, 잘될 리 없어.

지금부터 떠올려 보는 거예요, 어릴 적 나를.

어떤 생각이 드나요.

그 아이가 못났나요.

그 아이는 잘될 수 없는 아이인가요.

지금껏 그 아이에게 그런 못된 말을 하며 살아 왔다면

진심으로 사과하고 정말로 해주고 싶은 말을 해주세요.

아이에게도 지금 나에게도.

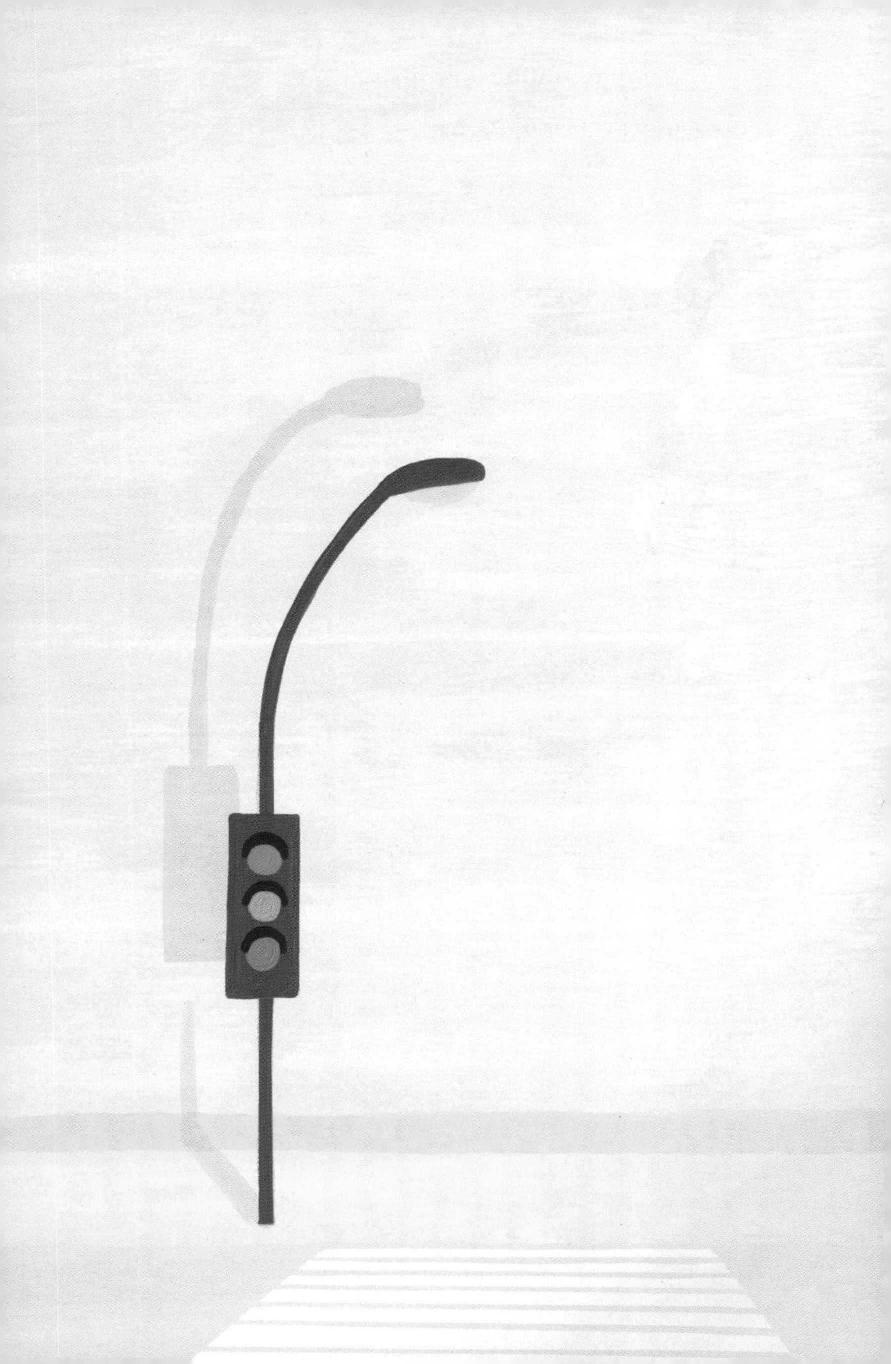

신호등

빨간불은 멈춰서라는 걸,
노란불은 준비하라는 걸,
초록불은 출발하라는 걸.

현재 삶이 마음에 들지 않는다고
화낼 필요도 무기력할 이유도 없어요.
지금 내 삶에 켜진 불빛에 맞게
최선을 다하며 다음 신호를 기다리면 돼요.

때와 맞지 않는 근심 걱정과 행동들은
신호위반이에요.

진짜 나를 만나보기

나 자체로 내가 나를 느끼게
꾸밈이나 포장 없이 온전히 내가 되어보길.
나니까 나를 사랑하고
나니까 내 삶을 살아가고
나니까 더 자유롭게 훨훨 날아보고
사람들의 시선 따위 조금도 담지 말고
오로지 나만을 바라보길.
가식과 겉멋으로 둘러싸인 껍데기 집어던지고

순도 100%인 나를 한번 만나보길.

자신의 한계를 정하지 말아요

나의 잠재력은 나조차
알 수 없는 거예요.
섣부르게 자신을 평가해 낮추지 마세요.
당신의 잠재력이 어느 정도인지는
감히 가늠조차 하지 못해요.

놓아주기

내가 예전부터 가지고 있었던 마음들
놓고 싶었지만 차마 놓아지지 않았던 것들
오늘부로 놓아주세요.

괜찮을까 걱정되고 두려워도
아무 이유 없이 계속 떠올라도
느려도 되고 천천히 해도 괜찮으니
조금씩 조금씩 놓아주세요.

더 좋은 감정들이 내게 스며들게끔
마음의 공간을 비워주세요.

잠깐 브레이크를 밟자

하는 일마다 잘 안되고 막혀서
답답하고 짜증이 날 때가 있지.
그럴 때는 잠깐 쉬면서 멀리 바라보라는
하늘의 뜻이구나 하고 받아들이자.

막힐 때는 억지로 어떻게 해보려 하지 말고
잠깐 쉬었다 가라.
열심히 해도 안 될 때는 잠시 저 멀리 바라보자.

생각과 마음이 충분히 정리되었다면
이제 다시 한걸음 내딛어 봐.

전보다 훨씬 일이 술술 풀릴 거야.

나를 잃지 말아요

세상을 살아가면서
이리 치이고 저리 치이고
셀 수 없을 만큼 상처를 받고
얼마 안 가 상처들을 모두 덮을 만큼
더 큰 상처를 받고

그렇게 하루하루를 살아가니
아무리 여리고 순한 사람도
변하지 않을 수 없어요.

변해도 괜찮고 독해져도 괜찮아요.
어쩔 수 없어요. 나쁜 게 아니에요.

그런데 이거 하나는 약속해요.
마음속에 조그맣게 숨어있는
마지막으로 조금 남은 본래의 나는
내가 지켜주기로.

자신을 완전히 잃은 사람에게
앞날의 희망은 있을 수 없어요.

둘,

오늘이라는 행복을
흘려보내려는
당신에게

나는 네가

밝고
행복하고
미소를 머금고
상냥하고
배려하고
오늘 하루를 감사히 보내고
더 나은 내일을 위해 달려가고
스스로를 아낌없이 사랑하는

따듯한 나날들을 보냈으면 좋겠어.

생각하기

언제부터였을까,
걱정이 하루 중 가장 많은 시간을 차지하게 된 게.

언제부터였을까,
좋은 날보다 좋지 않은 날이 더 많아지게 된 게.

마음 좀 데우고 가자

문득 여태껏 찍은 사진들을 훑어보다가
잊고 지내던 사진들을 보았어.
참 좋았었는데 왜 잊고 있었는지.
나쁜 기억들은 잘도 꺼내 보면서
좋은 기억들은 달랑 사진 한 장 찍어두고
왜 금방 잊고야 마는지.
나쁜 기억 그만 안고
오늘 한번 좋은 기억을 안아봐.

당신 오늘 마음 좀 따듯하게 데우고 가라.

조금이라도 좋으니 잠시만 데우고 가라.

미래의 행복

현재 상황에 아무런 행복을
느끼지 못한다면
어떠한 조건으로 생긴 행복이 와도
얼마 가지 못하고 제자리로 돌아와요.

미래의 행복도
현재의 행복을 느낄 줄 아는 자의 몫이에요.

우리에게 오늘은

우리에게 오늘은 어떤 의미일까.

미래에 대한 걱정이 앞서는 날
과거에 대한 후회가 막심한 날
전부 아니에요.
우리에게 오늘은 그저 지금일 뿐이에요.
미래나 과거가 끼어들 순간이 아니라는 얘기에요.

미래와 과거에 사는 게 아닌
현재의 삶을 살았으면 좋겠습니다.

오늘 하루

딱히 웃으며 보낸 하루가 아니라도

딱히 행복으로 가득 찬 하루가 아니라도

딱히 변화 없이 무난한 하루라도

무사히 보낸 오늘 하루는

감사한 거예요.

사소한 행복의 중요성

작은 것에도 행복을 느낄 줄 아는 게
중요한 이유는
행복한 삶과 불행한 삶의 기준점이
되기 때문이에요.

행복한 사람과 불행한 사람의 차이는
사소하고 작은 것에도 행복을 느끼는가에서
시작되기 때문이에요.

자주 겪었으면서도

자주 잊어 먹는다.

좋은 생각이 좋은 마음을 불러왔고

좋은 마음이 좋은 날을 만들었다는 것을.

마음의 중요성

생각이 모여 마음이 되는 게 아니에요.
마음이 모여 생각이 되고,
그 생각이 모여 어느새 인생이 되죠.

좋지 않은 마음이 들 때는
건전한 마음으로 전환해주세요.

지금 당장 행복하다 말해요

힘들다.
외롭다.
슬프다.

힘들 수 있고 외로울 수 있고
슬플 수도 있지만,
매번 습관처럼 입에 달고 살면
삶이 자연스레 그쪽으로 흘러요.

행복해.
좋은 날이 올 거야.
난 할 수 있어.

당장 그렇지 않아도
긍정의 말이 습관이 되면
삶은 또 자연스레 그쪽으로 흘러요.

내 마음이 보려 하는 것

사랑을 보려 하면 온 세상이
핑크빛으로 물들고.

따듯함을 보려 하면 온 세상이
감사함으로 가득하고.

행복을 보려 하면 온 세상이
행복함을 느낄 수 있는 것들로 채워져 있다.

내 마음이 무엇을 보고 있는지
무엇을 보려 하는지에 따라
내게 다가오는 세상은 매번 다르다.

오늘 날씨 맑음

일기예보를 믿고 우산 없이 나온 날.

때로는 갑자기 내리는 비에
옷깃이 젖을 때도 있어요.

하지만 예기치 못한 상황이 와도
깊은 의미를 두지 마세요.

한줄기 빗방울처럼
그런 대로 흘려버리면 그만이에요.

개지 않는 먹구름은 없어요

좋은 날이 왔다가도 잠시 먹구름이 낄 때가 있고
먹구름이 꼈다가도 다시금 따사로운 햇빛이
내리쬐는 게 우리가 살아가는 나날들이에요.

요즘 안 좋은 일들이 자꾸 겹쳐서
계속 이 상태로 머무를 것만 같아 마음이 편치 않다면
이제는 안심해도 돼요.

개지 않는 먹구름은 없으니까요.

내게 좋은 날

상쾌한 아침을 맞이한 날.

하는 일이 술술 잘 풀리는 날.

아무 걱정 없이 편안한 날.

여행 가기 전 설렘으로 가득한 날.

하염없이 기쁘고 행복한 날이 언제인가요?

내가 진정으로 좋은 날이라 말할 수 있는 순간이
언제인지는 알고 있어야 해요.

바로 옆에 있더라고

행복은 모든 게 다 갖춰져야 보일 줄 알았는데
그래서 참 멀리도 있겠구나 생각했었는데
생각보다 많이 가까이 있어서 놀랐어.

바로 옆에 있었는데
다른 곳만 쳐다보고 있었더라고.

지금

내일을 생각하느라 오늘을 잃지 말고
과거에 머무느라 현재를
또다시 후회할 날로 만들지 않길.

어차피 내가 손댈 수 있는 건
어제와 내일도 아닌 지금뿐이니까.

오늘 눈물이 나더라도

오늘 밤은 눈물이 고이는 밤일 수 있지만
내일 밤은 행복이 고이는 밤일 수 있다.

좋은 일이 항상
아무도 모르게 곁을 찾아왔듯이.

부정적인 마음

부정적인 마음가짐은
어떠한 걸 깊게 느껴보지 못하게 하고
보자마자 살짝 발만 담가보고는
싫다, 별로다, 라는 말로 낙인찍어버려요.

부정적인 마음이라는 안경 너머를 보지 못한다면
너무 많은 것을 놓칠지도 몰라요.

이유 불문하고,

당신의 오늘 하루가 행복했다면

당신은 잘 산 거예요.

요즘은

그냥 편안히 살고 싶어요.
그냥 안정적이게 살고 싶어요.

그냥 요즘은 방 안에서 이불 덮고
뒹구는 것도 행복해요.

그러다 지겨우면 잠깐씩 나가서
기분전환도 좀 하고요.

그냥 요즘은 편안한 게 행복해요.

가끔씩 애처럼

애처럼 철없어질 때가 있어요.
애처럼 유치해질 때가 있어요.

아직 내 마음은 완전한
어른이 될 준비가 되지 않아서일까요.

아니면 준비가 되었음에도
모르는 척
조금의 동심 정도는 남겨두고 싶은 걸까요.

아니면 애초에 내 마음은
조금도 나이 먹지 않았던 게 아닐까요.

중요한 건

사소하고 별것도 아닌 것은
그렇게 신경 쓰고 생각하면서

정작 중요한 것은 왜 그렇게
빨리 잊어 먹고 내내 방치해두는 걸까.

네가 정말 신경 써야 할 건
너, 그리고 오늘 너의 하루야.

마음의 중요성

그날 하늘이 아름다웠던 건
내 기분이 따스했기 때문이고

그날 바람에 콧노래를 불렀던 건
내 가슴이 들떴었기 때문이고

그날 세상이 아름다웠던 건
내 마음이 따듯했기 때문이에요.

모든 것은 내 마음이 결정지어요.

일부러라도 오늘은

오늘은 조금 더 입꼬리를 위로 올려보고,
오늘은 조금 더 어깨를 활짝 펴 걸어보고,
오늘은 조금 더 많은 것을 느끼려 촉을 세워보고,
오늘은 조금 더 나 자신을 사랑하고.

행복한 일기장

인생 전체가 한 권의 일기장이라면
하루하루는 매일의 일기겠지.

언젠가 돌아볼 내 일기장은
사랑, 꿈, 희망, 행복, 이런 것들로
가득 차 있었으면 좋겠다.

그러려면 오늘이라는 한 편의 일기부터
좋은 것들로 채워야겠지.

오늘 하루는

좋은 생각을 하니
좋은 기분으로 하루를 살아가고

나쁜 생각을 하니
나쁜 기분으로 하루를 살아가요.

오늘 하루 상황이 어떻건 간에
좋은 생각으로 좋은 하루를 만들며 살래요.

오늘 하루가 별로였다면

오늘 하루 짜증에 사로잡혔어도
오늘 하루 분노에 휩싸였어도
오늘 하루 슬픔에 잠긴 날이었어도
오늘 하루 맥없이 쓸쓸한 하루였어도

내일 모래 일주일이 지나도 그대로일 것 같은
기분에 도저히 힘이 나지 않아도

다 흘러가 제자리를 찾을 테니
너무 마음 쓰지 않아도 괜찮아요.

그냥 행복할래요

어차피 한 치 앞도 모르는 인생
그냥 오늘 나는 행복할래요.

좋은 상태를 유지할 거야

일부러라도 웃고
작은 것에도 감사하고
좋은 것만 보고
좋은 것만 들으려고 노력할 거야.

내일 아침은 더 행복한 아침일 거라 믿을 거고
오늘 밤은 어젯밤보다 조금 더 편안할 거야.

내 스스로 행복을 찾을 거야.

오늘은 괜찮은 날

아무런 걱정 없이
아무런 고민 없이
아무런 불안 없이
맘 편히 가지고 있어도 괜찮은 날이야.

오늘은 마음이 쉬는 날이야.
아무런 생각도 하지 말고
잔잔히 잔잔히
그저 마음 편히 있으면 되는 날이야.

좋은 시간을 보낸다는 건

친구들과 여행을 가는 것도
휴양지에 가서 푹 쉬다 오는 것도
사랑하는 사람과 식사를 하는 것도

다 맞지만

오늘 내 기분이 거리낄 거 없이 평온했다면
그게 가장 좋은 시간을 보낸 거예요.

행복과 불행의 공평한 점은

내 선택이라는 것.

언제든 바꿀 수 있다는 것.

좋은 것만 담아두기

좋은 걸 보고 듣고 하다 보면
나도 모르게 마음이 좋은 쪽으로 흘러가고

나쁜 걸 보고 듣고 하다 보면
나도 모르게 마음이 부정적으로 흘러간다.

아름답고 좋은 것들은
때론 지루할 수 있지만 마음의 양식을 쌓게 하고

부정적이고 나쁜 것들은
자극적이지만 마음의 독을 쌓게 한다.

하루 네 잔

일어나서 미소 한 잔 마시고.

점심때는 기쁨 한 잔 마시고.

저녁때는 희망 한 잔 마시고.

자기 전에 행복 한 잔 마시고.

더 좋을 내일을 기다리고.

때로는 환기가 필요해요

하고 싶은 것도 많고
갖고 싶은 것도 많은 나인데
맘처럼 되지 않아 답답하고
참다못해 폭발하기 직전인 오늘.

그럴 때는 있잖아요.
참지 말고 마음을 한번 열어봐요.
닥치는 대로 머리가 시키는 거 말고
가슴이 시키는 대로 해보는 거예요.

좋은 날

매일이 좋으면 평범한 날일 뿐이에요.
힘들고 슬픈 날도 있어서
좋을 때 좋은 날이라 말할 수 있는 거예요.
힘들고 슬픈 날을 두려워하지 마세요.

좋은 날을 더 좋게 느끼기 위한 준비일 뿐이니까요.

여행이 좋은 이유

언제 가도 가슴이 뻥 뚫리니까.
어딜 가든 삶의 지침을 잠시나마
잊을 수 있으니까.

오로지 내가 되니까.

욕심이 너무 많다면

삶을 가장 불행하게 만드는 것은
욕심이에요.

빛나는 보석이 욕심나서
끝내 가장 비싼 보석을 가지게 되었다 해도
그 다음에는 하늘에 뜬 별을 가지고 싶을 거고
별을 가진 후에는 달이 탐날 거예요.

어떤 걸 손에 쥐든 만족할 수 없게 되는 거죠.

욕심 잠시만 내려놔 보세요.
가슴에 편안함이 가득 찰 거예요.

행복한 날이 올 거예요

잘 잤어요?
밥은 잘 먹었고요?
아픈 데는 없어요?
힘들지는 않아요?

잘 못 잤더라도 내일은 깊은 잠에 빠질 거고
밥도 꼭 챙겨 먹어요
아픈 것도 내일이면 점차 좋아질 거고
힘든 것도 곧 행복으로 바뀔 거예요.

이 순간 당신에게 행운이 가득 전해졌어요.
전해진 행운이 큰 행복으로 다가올 거예요.

오늘 하루 참 애썼어요

오늘 하루 어떻게 지냈든

결과가 어떻든

일단 오늘 근심 걱정은 여기까지.

당신 참 애썼어요.

다 쓸어가 줬으면

하염없이 내리는 비에
그대의 모든 고민들도
같이 씻겨 내려갔으면.

흠뻑 젖어도 다 쓸어가 줬으면.

그저 잔잔히

별다른 이유 없이
오늘 마음이 좀 그래서
싱숭생숭한 것 같고
왜 그러냐 물으면 딱히 할 말 없고
귀찮을 것 같은 날.

마음이 숨 쉬는 날이에요.
내버려 두면 돼요.

기분이 조금 그런 날

그냥 있어도
무언가 마음 깊숙이 불편한 게
느껴질 때 있잖아요.

아직 해결되지 않은 그 일.
계속 신경 쓰이는 그 상황.

긍정적으로 생각해,
이런 쉬운 말은 안 할게요.
당신이 몰라서 안 하는 게 아니니까요.

단지 당신은 1년 전 오늘,
당신이 걱정을 기억해 봐요.

딱 그 정도에요.

행복에는 나중이 없다

먼 미래의 행복만을 바라보는 것은

하늘에 떠 있는 별을 잡고 싶어 하는 것과 같아요.

지금 이 순간

오늘의 행복을 잡아요.

잠깐 쉬었다 가자

적당한 날씨에

적당히 밥을 먹고

못 봤던 영화들을 몰아보며

못 들었던 음악도 들어보고

밤에 잠깐 나가 산책도 좀 하며

들어와 적당할 때 잠들고

일어나고 싶을 때 일어나는

생각만 해도 편해지는

꿀맛 같은 휴식.

하루쯤은 아주 이로운 일이니까

잠깐 쉬었다 가자.

먹구름이 끼었어도

먹구름이 끼었다.
사라질 듯 사라지지 않는다.

차라리 비라도 왕창 내리고
쨍한 햇빛 내리쬐면 좋겠건만
그저 간만 보는 먹구름이 참 얄밉다.
이래도 저래도 얄밉고 투정부려도
믿고 기다릴 수밖에.

해가 가려진 날은 있어도
해가 안 뜬 날은 없으니.

먹구름 곧 물러나면
더 쨍한 햇빛 쬘 테니.

이런 기분 있잖아

여행 떠나기 전 기분.
버스에 앉아 풍경 볼 때 기분.
해질녘 조금 어두워진 하늘 볼 때 기분.
비 오는 날 운치 있게 커피 한잔 마실 때 기분.

생각만 해도 이런 기분 좋은 느낌들은
너한테 소중한 거야.
너 자신으로서 행복한 거니까.

네가 느끼는 이런 좋은 감정들이
자주 너에게 맴돌았으면 좋겠어.

주의하기

편안이 나태가 되어가는 걸 주의하고
사랑이 소유가 되어가는 걸 주의하고
짜증이 분노가 되어가는 걸 주의하고
우울이 포기가 되어가는 걸 주의하고

웃지 않은 날이
매일이 되어가는 걸 주의하고.

아무 이유 없이

아무 이유 없이 활짝 웃기.
아무 이유 없이 좋은 생각하기.
아무 이유 없이 좋은 말만 하기.
아무 이유 없이 감사함을 느끼기.

이렇게 아무 이유 없이
좋은 것들로 나를 채워나가면

어느 순간
좋은 날, 행복한 날, 감사한 날이
나를 찾아올 거예요.

아무 이유 없이요.

셋,

완벽하지 않아도 괜찮다 말할게

많이 힘들 때면

그냥 눈물이 난다, 아무런 이유도 없이.
그동안 맺혀 있던 게
견디다 못해 터져 나오는 거겠지.
그럴 때는 참지 말고 세상 떠나가라 울어.

가슴도 가끔은 비워 줘야 해.

계속 어둡지 않으니 걱정 마요

살면서 행복한 순간이 없던 사람은 없어요.

또한 더 행복한 순간을 맞이할 날도 분명히 와요.

그러나 현재 힘든 상황에 놓여있다면

잠시 아주 잠시 그 힘듦이

눈앞을 가려 못 보고 있을 뿐.

다시 환하게 웃을 날이 있으니 걱정 말아요.

걱정 마, 잘 가고 있는 거야

너는 계속 걷는데
제자리걸음 같지.

아직 풍경이 똑같으니
머무르고 있는 것 같은 거야.

고속도로를 달리는 게 지루한 이유가
주위 풍경이 잘 변하지 않기 때문인 것처럼.

그러니까 쉬다 가더라도 멈추지만 마,
너는 지금 아주 잘 가고 있는 거야.

조금 쉬었다 가요

삶이란 길을 걷다 보면
눈물이 날 때도 있고
주저앉을 때도 있고
무서워 떨고 있을 때도 있어요.
내가 못나서 그런 것도 아니고
나만 그런 것도 아니에요.

힘들면 쉬었다 가도 돼요.

보이지 않는 늪

쓸데없는 걱정에 자꾸 빠지지 마세요.

쓸데없는 걱정은 보이지 않는 늪과 같아서
실체는 없으면서도 나를 계속 옭아매니까요.

마음이 이상할 때

한 치의 오차도 없던 기계도
쓰다 보면 오류가 나기도 하는데
사람 마음이라고 살다 보면
이상할 때가 없을까요.

단지 기계와 다른 점이 있다면
사람의 마음은 시간이 지나면
언젠가 괜찮아질 날이 온다는 거예요.

그러니 겁낼 필요 없어요.

습관적인 비판

살다 보면 화가 날 때도
황당할 때도 서운할 때도 있어서
누군가를 비판할 수도 있지만

별다른 이유 없이 아무런 이유 없이 하는
습관적인 비판은 내게 독이 되기에
조금은 너그러운 마음을 가져보세요.

공백

마음이 가지고 있는 공백이
허전함이든 외로움이든
공허함이든 아쉬움이든

무언가로 채워 넣으려고 애쓸 필요 없어요.
공백은 마음의 숨구멍이니까요.

그대로 놔둬도 괜찮습니다.

잊지 말아요

지금 당장 눈앞에 보이는 안 좋은 일들은
마치 이 순간이 삶의 전부라고 착각하게 만들지만,
잊지 말아요.

그런 일들은 삶의 작은 일부분에 불과해요.

마음이 초조할 때

몹시 긴장되거나,
몹시 불안하거나,
몹시 떨리거나.

누가 어떤 말을 해줘도 마음이 풀리지 않고
초조하기만 할 거예요.

그러나 걱정하지 말아요.
마음이 많이 요동쳐서
작은 것도 크게 느껴지는 것일 뿐이며
시간이 지나 마음이 잔잔해지면
별거 아니었음을 깨달을 테니까요.

마음이 몹시 초조할 때는
그저 시간이 흐르기만을 기다리면 돼요.

쓸데없는 걱정

오지도 않은 일 가지고
미리부터 걱정하지 말아요.

한 번뿐인 인생.
행복과 기쁨만 줘도 부족한데
쓸데없는 걱정으로 내가 누릴 수 있는
행복을 막는 일이 없었으면 해요.

희망

밤이 아름다운 건
온 세상이 어두워도
빛을 내는 존재가 있기 때문이야.

이 빛을 희망이라 불러.
지금 삶이 어둡다고 절망하지 마.

이 빛은 어두울수록 금방 보이니까.

봄날이 올 거야

너의 인생에 곧 따듯한 봄날이
올 거라고 장담할 수 있는 건,

지금도 네가
너의 행복을 위해
노력하고 있기 때문이야.

나만의 감성

나의 감성은 잔잔함일까.
나의 감성은 활기참일까.
나의 감성은 고요함일까.
나의 감성은 설렘일까.

가슴속에 있는 나만의 감성을
잘 알아봐 주고 삶의 또 다른 동반자라 여기며
평생을 함께 하세요.

감성이 없는 삶은
공허하고 또 공허해져요.

원래 그래

원래 힘들 때 있고
원래 슬플 때 있고
원래 화날 때 있어.

원래 무기력할 때도 있고
원래 밤잠 설치는 때도 있고
원래 한참을 방황할 때도 있어.

원래 누구나 다 그래.
나만 그런 것도 아니고 내가 이상한 것도 아니야.
그러니 그저 조금 더 좋은 날을 위해
조금 더 웃고 조금 더 좋은 생각을 하려 애쓰는 정도면 충분해.

자책할 필요도 불안해할 필요도 없어.
삶이라는 게 원래 그래.

시간이 흐르면

슬픔에도 여러 종류가 있어요.

화가 나서 슬프고 불안해서 슬프고,
서운해서 슬프고 그냥 막 미친 듯이 슬프고.

이렇게 슬픔이 여러 종류이며 제각각이여도
공통점이 하나 있어요.

첫사랑과 똑같아요.
어느 순간 과거의 추억으로 남겨져 있어요.

꼬리잡기

한동안 어떠한 감정에
계속 사로잡혀있는 이유는
감정이 꼬리에 꼬리를 물기 때문이에요.

걱정은 계속 걱정을 불러오고
행복은 계속 행복을 불러와요.

만약 그게 나쁜 꼬리라면, 쉽지는 않겠지만
최대한 빨리 잘라내야 돼요.

그래야 다시 새로운 감정이 자라요.

나에게 좋은 것만

연출이라는 것을 알면서도 영화에 몰입하고
한 음 한 음이 모여 소리를 낼 뿐인 음악에 기분이 달라져요.
그만큼 사람은 보고 듣는 것에 영향을
많이 받는다는 얘기예요.

그러니 스스로에게
좋은 것만 보여주고
좋은 것만 들려주기로 해요.

아프면 안 돼

어른들이 옛날부터 주야장천 말하던
건강이 제일이다, 라는 말이
이제는 좀 이해되더라고.

아프지 않았을 때는 몰랐는데
아파보니 뼈저리게 이해되더라고.

가장 중요한 게 건강인데
가장 쉽게 잊고 있는 것도 건강이더라고.

심란할 때

마음이 정신없을 때는
마음이 요란할 때는

심호흡 세 번 하고
천천히 마음을 정리하는 거야.
하나씩 하나씩 편안하게 해보는 거야.

어느새 굳이 정리하지 않아도
정리되어 있을 거야.

보약보다 사탕

냉정하고 현실적인
조언과 충고보다

달콤하고 희망적인
뜬구름 잡는 얘기가
더 좋고 설렌다.

아직 마음은 어린아이일 수도.

내 삶에 특별한 날

매일 똑같은 음식을 먹으면
질리고 먹기 싫어지듯이
매일 똑같은 생활은
삶에 지루함을 느끼게 해.

가끔은 내 삶에도 특별한 날을
선물해 줘야 해.

혼자서 잘 지내기

사람은 혼자만의 시간이 필요하고
혼자서도 잘 있을 수 있어야 해요.
혼자가 되었다고 외롭고 쓸쓸함에
또 다시 다른 사람을 찾는 일도 있겠지만,

그 외롭고 쓸쓸함을 좋은 쪽으로 활용해
혼자서도 시간을 잘 보내는 사람이
되었으면 좋겠어요.

외롭고 쓸쓸해도 혼자일 때 나는 어떻게 지내는지

살펴보고 할 일을 찾아봐요.

마음은 그럴 때 성장하는 거예요.

언제 그랬냐는 듯이

전에 겪었던 힘든 일도 지나고
전에 겪었던 슬픈 일도 지나고
언제 그랬냐는 듯
잘 살아가고 있다.
지금 나를 낙심하게 만드는 일도
다 지나면 다시 웃을 날이 온다.

언제 그랬냐는 듯이.

애써 밝힐 필요 없어요

나의 내면에 있는
어둠을 애써 밝힐 필요 없어요.
어두운 건 어두운 대로 놔두는 거예요.

낮만 있고 밤은 없으면
그때는 또 어떡하려고요.

삶에 변화가 없는 것 같다면

내 삶이 멈춰버린 것 같고
더이상 변화가 없을 것 같다고
무기력해질 필요 없어요.

조금씩 변하며
매 순간 삶에 스며들기에
눈치채지 못할 뿐이에요.

어느 하나 세상에 그대로인 건 없어요.

오늘을 어떻게 보냈든

아무것도 하지 않았어도
안 좋은 일이 있었어도

상관없이

자신에게 애썼다고 말해주자.
내가 먼저 나를 다독여주자.

내가 나를 위로하는데
이유 따위는 필요 없다.

그래도 괜찮아

힘들어, 많이.

솔직히 재미도 없고 지루해.

그래, 나 끈기도 없고 변덕도 심해.

계속 이렇게 살지도 몰라.

그냥 막가보자 어디 한번.

괜찮아요. 나쁘지 않아요.

가끔은 그렇게 터트리는 게 참기만 하는 것보다

훨씬 이로워요.

오늘은 울어도 돼요

힘들었죠. 그리고 많이 참아왔죠.

오늘은 울어도 되는 날이에요.

스스로 부끄러워할 것도

무언가를 신경 쓸 필요도 없어요.

오늘은 그저 울면 돼요.

다 비워내요.

잘 들어주기

고민상담을 한다는 건
누군가에게 얘기한다는 것만으로도
큰 위로가 돼서 그래요.

듣고도 어떻게 할지 모르겠다면
그저 계속 잘 들어주기만 해도 돼요.

마음이 불안할 때

정말 어찌할지 모르겠고
도저히 방법이 없어 불안해 죽겠으면
그냥 될 대로 되라 마음속 응어리들 풀어버려.

어차피 그건 누구한테 묻든
백날 머리 싸매고 걱정하든
해결되지 않아.
생각만큼 큰일 안 생기니까

걱정 말고 놔둬.

슬플 때 울고 싶을 때

살아가다 보면 너무 슬플 때도
마음속에 힘듦이 차올라 갑자기 눈물이 맺힐 때도 있어요.
그럴 때는 속 시원하게 엉엉 울어도 괜찮아요.
부끄러워 할 필요도 없고
내가 못나서 우는 거라고 자책할 필요도 없어요.
단지 마음속에 쌓였던 것들이 터져 나와
감정을 다시 새롭게 정리하는 일이니까요.

살다가 너무 힘들 때면
엉엉 울어도 괜찮아요.

할 수 있어, 너는

내 마음속 불안과 두려움은
내가 만드는 거야.
아무 일 없어,
그러니 걱정 말고 용기 내 봐.

시작하는 게 어렵지
해내는 건 그보다 쉬워.

삶이 말하네요

완벽하지 않아도 좋대요.
부족해도 괜찮은 거래요.
지금까지 안 좋은 날이었다면
언젠가는 좋은 날이 온대요.

그렇다고
삶이 말하네요.

내 삶이에요

그냥 이대로
이 자리에 머무르고 머물러
그대로 멈춰 제자리여도
나는 내 삶을 사랑할래요.

내 삶이에요.

힐링

나의 힐링은 무엇인가요.
친구들과 신나게 노는 거
방 안에서 뒹구는 거
여행지나 맛집을 찾아다니는 거

어떤 일이든 좋습니다.
한번 생각해 보세요.
나를 다시 충전시켜주는 힐링이 무엇인지.

나의 힐링이 무엇인지는
알고 있어야 해요.

가끔은 혼자서 느껴보고

가끔은 혼자서 생각하고

가끔은 혼자서 휴식하고

사람에게 가끔 혼자라는 것은

꼭 필요한 시간입니다.

성장의 과정

문득 이런 생각 들 때 있지 않나요.

내 생각이 맞는 건지.

다른 방식이 옳은 건 아닌지.

혼란스러울 때요.

그럴 때 중요한 건 정답이 아니에요.

내가 성장하고 있다는 사실이에요.

내가 진짜 원하는 것

알라딘의 요술램프가
내 앞에 떨어져 단 한 가지의
소원을 이뤄 준다면
어떤 소원을 말할 건가요.
어쩌면 그 소원 이루어질 날이
올지 몰라요.

그러니 내가 진짜 원하는 게 무엇인지
언제나 마음속에 새겨 두고 있어야 해요.

다 겪어봐야

울고 싶을 때 떠나가라 울어도 보고
힘들 때 누구보다 힘들어도 보고
슬플 때 가장 많이 슬퍼도 봐야

행복할 때 더 행복할 수 있어요.

나는 당신이

하루에 한 번은 활짝 웃고
불안해하지도 걱정하지도 않고
마음 편히 있었으면 좋겠어.
배려와 예의가 있으면서도
할 말은 할 줄 알고
또 누군가를 감싸 안아줄 수도 있는
그런 따듯한 사람이었으면 좋겠어.

마지막으로 나는 당신이 작은 것에도
행복을 느낄 줄 아는 사람이면 좋겠어.

상처받지 말아

누군가에게 안 좋은 소리를 듣고
누군가에게 안 좋은 눈초리를 받았다고
혼자 얼굴 붉히며
상처 받지 않았으면 좋겠어.

세상 살다 보면 이런 일 저런 일 다 찾아오는데
매번 상처 받기에는 마음이 너무 아프잖아.
그런 상처들은 찌끄레기라고 생각하고 다 버려.
너의 마음에 좋은 것 행복한 것만 담는 거야.

네가 받았던 상처들이
빨리 아물기를 다시 한번 바랄게.

마음에 좋은 것만 채워지길

허영심, 탐욕, 자만심, 시기, 분노와 같은
채울수록 망가져 가는 것 말고.
행복, 따듯함, 희망, 꿈, 열정과 같이
삶의 심장을 더 뛰게 만드는 것들로
당신을 가득 채워 주세요.

당신을 망가트리는 마음들은
삶의 심장을 서서히 멎게 만들어
온기조차 느껴지지 않게 해요.

당신의 삶에 온기와 포근함을 불어넣어 주세요.

당신을 응원해

나는 네가 누구든
어떻게 살고 있든
어떻게 살아왔든
너의 삶을 응원해.

지금 힘들어도 괜찮아.
조금 지쳤어도 괜찮아.
곧 다 좋아질 거야.

나는 네가 어떻든
너의 삶을 응원해.

자신감을 가져

네가 자신 없어 할 이유는 없어.
몇 번 실패를 했어도 잘하는 게 없는 것 같아도
어떻게 살아야 할지 몰라도 괜찮아.
너는 너 자체만으로 자신감을 가지기에
충분한 사람이야.

네가 원하는 삶을 살고 싶다면
자신감을 가져봐.
네가 원하는 삶에 밑바탕을 채워줄
힘의 원천이 될 테니까.

너는 너 자체만으로 충분히 괜찮은 사람이니
걱정하지도 불안해하지도 말고 자신감을 가져.

화도 습관이 된다

평화로운 마음으로만 살아갈 수 있다면 좋겠지만
가끔은 화를 내야 하는 상황도 생기기 마련이야.
문제는, 화라는 것도 감정이어서
습관이 되어버리면 곤란해진다는 거야.

별거 아닌 상황에도 화가 나고
아무 일 없는데도 화가 나고
그렇게 계속 마음속에 분노가 쌓이면
스스로가 너무 힘든 삶을 살게 될 거야.

그러니 별일 아닌데도 화가 날 때면
심호흡 한 번 하고 천천히 화를 가라앉혀봐.

처음에는 힘들겠지만 시간이 지날수록
마음은 평온함으로 가득 찰 거야.

미움을 갖지 말아요

마음속에 너무나도 싫은 그 사람.
이유가 있든 없든 너무 미운 사람.

누군가를 싫어하고 미워할 수 있어요.
어떻게 모든 사람이 다 마음에 들고 좋겠어요.
다만 내가 누군가를 미워하면
그 미워하는 감정이 내 마음에 해롭다는 거예요.
그러니 너무 미워하지 말고
좋게 봐주려고 노력해 보세요.
그래도 안 되겠으면 아예 신경조차 쓰지 말아요.
누군가를 미워한다는 건
내 마음을 괴롭히는 일이에요 .

미움을 갖지 말아요,
나를 위해서.

넷,

그래도 계속 해보겠다면

첫 시작

서툴고 어설퍼도

그런대로 흔들리면서

가는 것도 나쁘지 않겠지.

아직은 때가 아니므로
걱정할 필요 없다

꽃이 피고 지듯
행복한 시간도 필 때가 있으면
질 때가 있는 법이에요.
한동안 피지 않았다고
걱정할 필요 없어요.

활짝, 정말로 활짝 피려고
단단한 몽우리를 맺고 있는 것이니까요.

늦은 것 같을 때

주위에 친구들이나 텔레비전 속
내 또래 연예인들을 보면
꿈을 향해 잘 살고 있는 것 같은데
나만 제자리인 것 같고 변화가 없어
착잡한 감정을 느낄 때가 있지.

그런데 네가 늦은 게 아니야.
사람은 제각각 꽃피울 시기가 다르기에
나는 아직은 그 시기가 아니구나
받아들이고 꽃피울 준비만 하고 있으면 돼.
아직 늦은 게 아니니 초조해하지 말고.

준비만 하고 있으면 돼,
너만의 꽃을 피울 준비.

후회 말고 시작하기

학창시절로 돌아갈 수만 있다면.
그때도 늦은 건 아니었는데
몇 살만 어렸더라면.

더이상 당신 인생에 후회를 남기지 마세요.
어차피 과거는 되돌릴 수 없고
이렇게 뼈저리게 후회하고 있다면
그걸 발판 삼아 지금부터 다시 시작하는 거예요.
어떻게 할지 모르겠어도 찬찬히
시작해 보면 되는 거예요.

기회는 지금도 열려 있다고
당신의 미래가 외치고 있어요.

절대로 후회하지 않는 것

꿈을 향해 한 걸음 내딛었을 때.

이루고 싶은 사랑에 용기 냈을 때.

나 스스로를 진심으로 믿었을 때.

귀찮음을 이겨내고 실천했을 때.

나 자신을 이겨냈을 때

후회는 존재하지 않아요.

실패했더라도

무언가 꿈이 있어서 도전을 했든
어떠한 일에 시도를 했든
잘되지 않고 실패했더라도
기죽을 필요 없어요.

성공의 과정일 뿐이고
성장의 과정일 뿐이에요.

훌훌 털어내고 재정비해서
다시 시작하면 되는 거예요.
또한 지금 겪은 실패들은
당신의 성공에 큰 밑거름이 된 것뿐이에요.

그러니 기죽지 마세요.
성공은 지금도 당신을 기다리고 있어요.

경험들

지우고 싶은 과거.
버리기 힘든 욕심.
아프게 하는 상처.
그동안 겪은 실패.

내 삶의 발목을 잡는 목록들.
그러나 한 번만 생각을 바꾸면
더 좋은 삶을 살 수 있게 도와주는 경험들.

가볍게 보이지만
가볍지 않은 것

이거 해서 뭐해.

이게 뭐가 필요하지.

필요 없다 생각하고

가볍게 생각하는 무언가가

생각보다 내 삶에

큰 영향을 끼치기도 해요.

진정하는 법

살다 보면
흥분되는 순간
긴장되는 순간
분노가 차오르는 순간
혼란스러운 순간 등

감정에 휩쓸려버리는 경우가 종종 있어요.
감정에 휩쓸리면 좋은 판단을 내리기 힘들어지고
결국 후회가 남는 선택을 할 수도 있겠죠.

감정에 휩쓸릴 것 같을 때는
가슴에 어떠한 감정이 휘몰아치든
잠시 아무 생각 말고 가만히 있어 보기로 해요.
조금씩 안정을 되찾을 수 있을 거예요.

잔잔함을 유지하길

지금 내가 하는 일이 잘되거나 잘 안 됐어도
중요한 건 잔잔함을 잃어선 안 된다는 거예요.

잘됐을 땐 흥분과 자만으로 실수를 할 수 있고
안됐을 땐 절망과 분노로 포기하거나
쉽게 놔버릴 수도 있기 때문이에요

누가 버티고 끝내 성취해내느냐는
누가 더 잔잔함을 오래 유지했느냐에 달려있어요.

내가 진정으로 원하는 삶

나는 어떠한 삶을 원하는가에 대한 해답은
머리가 아닌 가슴에 물어봐야
솔직한 대답이 나와요.

현실에 치여 살다 보면
꿈이 아닌 것을 꿈으로 갖고 있는
경우가 많으니까요.

누구나 마음속 깊이 자신만의
완성된 그림이 있기 마련이에요.

생각은 항상 유연하게

내가 무의식적으로
부정하고 있는 것들이
진실이 될 수도 있고

내가 진실이다 믿는 것들이
언제든 거짓이 될 수도 있어요.

우리가 길을 잃었을 때
틀에 박힌 사고는 우리의 눈을 가리고
출구를 찾을 수 없게 해요.

넓은 시야와 열린 마음,

유연한 생각은 언제든지 우리에게

새로운 길을 열어줄 준비가 되어 있어요.

목표를 이루기 위해서

천천히 가도 괜찮아요.
조금씩 가도 괜찮아요.
단지 목표를 향한 걸음을
멈춰 서지만 않으면 돼요.

목표는 그렇게 이루는 거예요.
조금은 느리고 조금은 어설퍼도

매일매일 꾸준히 한결같은 마음으로.

폭풍의 시간

누구나 갑자기 잡념들이
쏟아지듯 몰려올 때가 있어요.

잡념의 집요함은 참으로 독해요.
꼬리에 꼬리를 물고 생각을 하고 싶지 않아도
어떻게든 다시 떠올라요.

그러나 걱정할 필요 없어요.
잡념은 폭풍과 같아서 멈추지 않을 듯
매섭게 몰아쳐도,

어느 순간 고요해져
파란 하늘을 보여주니까요.

자신에게 집중하세요

누군가 나보다 잘난 것 같고
잘사는 것 같아서
부러워하고 질투할 수도 있어요.

그러나 중요한 건, 남이 어떻게 살든
내가 행복한 것이 더 중요하고
남의 삶을 구경할 시간에
내 삶에 시간을 쏟는 게
더 중요하다 말해주고 싶어요.

아무리 남의 삶에 기웃거려봤자
내 삶에 변화는 없어요.

해야 할 일을 미루지 말아요

미루고 미루다 보면
그 시간 동안 마음은 불편할 수밖에 없겠죠.
편한 것 같아도
절대로 편한 상태가 아니에요.

어차피 해야 할 거 빨리 끝내고
마음 편한 시간을 보내요.

잠겨 있지 말고

너무 우울에 잠겨 있지 말고.
너무 슬픔에 잠겨 있지 말고.
너무 걱정에 잠겨 있지 말고.
너무 분노에 잠겨 있지 말고.

시간이 지나면 자연스레 사라지니
너무 깊이 잠겨 있을 필요 없어.
그러니 훌훌 털어버려.

꿈이 없고 할 수 없다고 말하는 너에게

날개가 없는 게 아니야.
날아본 적이 없으니,
날개가 있는 줄도 모르는 거지.

새들도 하늘을 날기 위해
처음으로 날개를 활짝 펴는 순간엔
목숨을 걸어. 그 정도 각오로 임해야
파란 하늘을 자유롭게 날 수 있는 거야.

너는 아직 용기를 내지 못한 거지,
실패한 것도 해내지 못한 것도 아니야.

비워내기

미래만 보느라
현재를 놓치고.

생각만 하느라
실천을 못 하고.

기회만 엿보다
시기를 놓치고.

너무 많은 마음과 생각은
너무 많은 것들을 놓치게 해요.

나의 소중함을 잊지는 않았나요

좋지 않은 것에 영향을 받게 하고
내 마음을 자주 힘들게 하고
매번 해로운 생각들을 가득 하고
스스로 자신을 괴롭게 만들지는 않았나요.

나를 소중히 여긴다는 것은
힘들고 괴로워도 계속해서 내 스스로를
좋은 쪽으로 이끈다는 것을 의미해요.

절대 포기하지 마요.
아무리 힘들어도 계속 좋은 쪽으로 이끌어 주세요.

잘라내기

인생에서 보다 더 나은 삶을 추구하려면
꼭 해야 할 것이 있어요.
내게 필요한 것과 불필요한 것을 구분하고
불필요한 것을 잘라내는 거예요.
욕심이 나면 모두 하고 싶고 모두 갖고 싶어서
무엇 하나 제대로 하지도 못하고 갖지도 못하는 경우가 있어요.
괜한 욕심 때문에 억지로 무언가를 붙들고 있다면
잘라버리세요.

가지치기 잘한 나무가
더 잘 자라는 법이에요.

겁먹지 마세요

인생에서는 누가 뭐라든지
한 번쯤 내가 정한 길을
의심 없이 미련 없이 달려봐야
후회가 남지 않습니다.

그 앞에 어떤 길이 펼쳐질지는
아무도 알지 못하고

누구도 대신 달려주지 않는
온전한 나만의 길이니까요.

포기할까 고민된다면

사람은 꽃처럼
이쯤에 이게 피고 저쯤에 저게 지고
예측하고 단정 지을 수 없는 존재야.

꽃보다 더 각양각색이라서
어제까지 어두웠던 삶이
오늘 갑자기 번쩍 좋은 생각이 떠올라
한순간에 삶이 바뀌기도 하는 게 사람이거든.

포기하지 마.

원래 한번 탁 트이기 전까지는
답답하고 계속 흔들리는 거야.

꽃이 피기 직전처럼.

작은 변화

가끔씩 큰 성공을 거두는 상상을 해요.
자기 전, 내 삶이 송두리째 바뀌는 상상을 하죠.

그러나 변하지도 노력하지도 않은 채
그저 제자리에 서서
무언가 큰 변화가 오기를 바라는 건
헛된 욕심에 불과해요.

하물며, 로또라도 사는
성의는 보여야 해요.

어른이 되어간다는 건

뭐가 하나 끝나면
뭐가 하나 다시 와요.

어릴 때와는 달리,
계속되는 장애물이 생겨요.

그래서 어른이 되어간다는 건
계속되는 장애물 앞에
무덤덤해진다는 걸 뜻해요.

그렇게 더욱 성숙해지고
단단해지는 거예요.

마음가짐

무슨 일을 시작할 때는
당당한 마음가짐으로

지레 겁먹지도 말고
불안에 떨어 움츠려 있지도 마.

생각보다 별거 없어.
사람이 하는 일이면 나도 얼마든지 할 수 있어.
나도 사람이니까.

힘들고 고통스러울 수 있겠지만
생각만큼 큰 산은 아닐 거야.
견딜 수 있고 해낼 수 있어.

그건 마음의 차이지
역량의 차이가 아니니까.

여유가 없었기에,

원래의 기량이 제대로 나올 수 없었을 뿐이야.

생각보다 나는 잘 해낼 수 있어.

한 컵의 물

한 달 전 나와
오늘의 나는 달라요.
과거의 나와
현재의 나는 달라요.

한 번 물을 엎질렀다고
매번 물을 엎지르진 않죠. 그런데
과거의 실패가 마음에 남아
나아가지 못하겠다는 건
물을 엎지른 경험이 있어
물을 마시지 않겠다는 것과 다를 게 없어요.

그저 한 번,
다시 한 번 해보면 되는 거예요.

모든 것이 변한다

계속될 것 같은 무더위가
하루아침에 가을바람이 되고

계속될 것 같은 추위가
하루아침에 봄바람이 되듯

삶 또한 예기치 못하는 시점이 있어요.
변화의 시점.

지금의 감정도 생각도 느낌도
모든 게 변해요.

기적처럼,
눈 깜짝할 새에.

내가 사랑하는 삶을 살아요

이렇게 살아도 괜찮으면
정말로 이대로가 좋다면
어떻게 살든 마음 가는 대로 살면 돼.

그러나 혹여 합리화나 거짓말로
자신을 속이고 있다면
후회할 날이 분명히 와.

진심으로 사랑할 수 있는 삶을 살아.

하루를 살아도

누군가의 한마디에 기죽지 않을 거예요.

후회조차 남지 않게 최선을 다할 거예요.

힘들어도 웃을 수 있는 용기를 가질 거예요.

거짓말 하지 않고 스스로에게 솔직해질 거예요.

오늘 하루를 살아도

떳떳하게 살겠어요.

시련

비가 오면 우산을 쓰고
바람이 불면 벽 뒤에 숨을 수도 있지만
비가 올 때 흠뻑 젖어도 보고
바람이 불 때 흔들려도 봐야 해요.

시련은 언제든지 찾아오지만
얼마든지 이겨낼 수 있다는 것도
알아야 해요.

계속 미련을 두지 마

그때 그렇게 했으면
어떻게 됐을까.

이때 이렇게 했으면
어떻게 됐을까.

후회만 남기는 의미 없는 생각이야.
상상하고 만들어 내지 마.

하지 않았으면 없는 일인 거야.

아까 있었던 일이 후회될 때면

지금 이 시간을 아까로 되돌리고 싶다.
더 잘할 수 있었을 텐데.
왜 그때는 더 잘하지 못했을까.

이러한 복잡한 생각들이 머리에 맴돌겠지만
오늘은 그냥 잠깐 바보 된 날이라 생각해.
사람이 항상 완벽할 수는 없고
실수를 하는 날도 분명히 있는 거니까.
앞으로 잘하면 되는 거고 같은 실수 안 하면 되는 거야.

이렇게 실수한 날에는

이불킥 한 번 하고 다음번엔 잘하면 돼.

더 나은 삶을 위하여

변화가 어려운 건
고통을 이겨내기 힘들기 때문이에요.
그럼에도 변하는 사람은
고통이 새 삶을 꽃피운다는 걸 믿기 때문이에요.

상처에 약을 바르면 쓰라린 것처럼.
참아야 흉지지 않고 새살이 돋는 것처럼.

지속의 힘

시작도 중요하지만
그보다 더 중요한 건
얼마나 지속하느냐예요.
순간 타오르는 열정으로 금방 꺼질 바에야
작은 불씨를 꾸준히 유지하는 게 더 큰 결과를 만들어요.

멈추지 마요

어느 순간부터 아무리 노력해도 제자리여서
나의 능력은 여기까지구나
한계를 정해버리고 멈춰 서고 싶을 때,

멈춰 서지 마세요.

가끔은
1부터 99까지 가는 것보다
99부터 100까지의 거리가
더 멀게 느껴지기도 하니까요.

생각만 할 순 없잖아요

많이 생각하고 많이 고민도 했는데
우물쭈물하다 기회를 놓쳐본 적 있을 거예요.

내가 준비되었다면
한 번쯤은 무모해져 봐도 괜찮아요.
삶에선 가끔의 무모함이
생각지도 못한 기적을 불러와요.

준비해두기

아직 오지 않았을 뿐
아직 보이지 않을 뿐

당신의 전성기도 곧 와요.
그날을 위해
단단히 준비하고 있기로 해요.

거침없이 달릴 수 있게.

후회와 미련

후회와 미련은
최선을 다하지 않았을 때 드는 감정이에요.
최선을 다한 사람은
결과가 어떻든 후련함을 느끼죠.

아직 후회와 미련이 남아있다면
나보다 더 노력한 사람은 없다 말할 수 있을 만큼
나의 한계에 부딪쳐보세요.

고생 많겠지만 후회와 미련에
평생 끌려가는 것보다 훨씬 나아요.

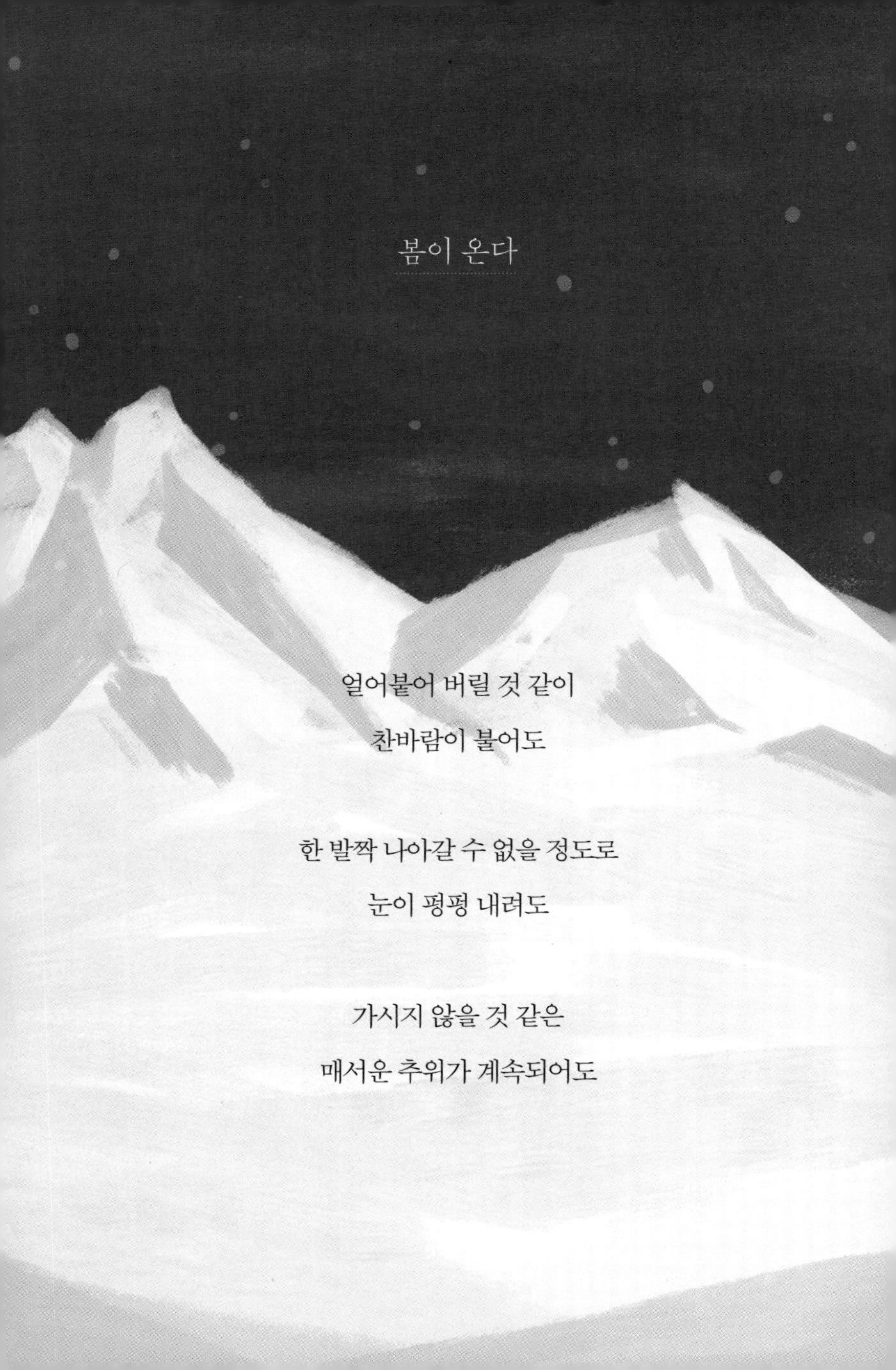

봄이 온다

얼어붙어 버릴 것 같이
찬바람이 불어도

한 발짝 나아갈 수 없을 정도로
눈이 펑펑 내려도

가시지 않을 것 같은
매서운 추위가 계속되어도

봄이 오지 않은 적은 없어요.
삶도 똑같아요.

생각해보기

수많은 생각을 했고
수많은 말들을 했지만
행동으로 옮긴 적은
몇 번이나 있었는지.

그리고 얼마나 오래갔었는지.

말과 삶

사소한 것이라도 내가 한번 뱉은 말은
책임을 지려고 노력해보세요.
말의 무게를 알게 되고
선부른 행동과 말을
자제할 수 있게 돼요.
가벼운 말부터 무거운 말까지
하나씩 책임을 지다 보면 습관이 되어
말이 곧 삶을 바꿔요.

원하는 삶은 말에 책임을 질 때
이루어져요.

습관적인 고민

고민들이 쌓이고 쌓여
이제는 무슨 생각을 하고 있는지도 모를 때
한 가지 깨달은 게 있어요.

고민은 없는 것도 있게 만들며
작은 것도 크게 만든다는 걸.

어느 순간 습관이라는 이름으로
마음에 들어와
매 순간 나를 갉아 먹는다는 것.

불편함을 이겨내기

지금 해야 할 일을 피하면 잠시는 편하겠지만
얼마 못 가 마음의 불편함은 다시 찾아와요.
마음의 불편함을 이겨내는 방법은
해야 할 일과 한번 제대로 부딪쳐보는 거예요.
생각보다 별거 아니었음을 알게 될 거예요.

무기력할 때

어떻게 살아야 할지 모르겠고,
어떤 게 잘 사는 건지 모르겠고.

머리 싸매고 고민을 해봐도 정답은 나오지 않고,
행여 정답이 나왔다 해도 귀찮고 하기 싫고.

무기력이라는 감정에 내가 잡아먹히고 있는 거예요.
평생 이렇게 사는 게 괜찮다면 그냥 그대로
시간을 버리면서 살아도 되겠죠.

그러나 무기력에서 탈출하고 싶다면 알아야 할 게 있어요.

나를 묶어두는 무기력 속에도 사실
잘 찾아보면 일어서고 싶은 욕망이 있다는 거예요.
그 욕망을 붙잡고 하나씩 하나씩 나를 이겨내보세요.

그렇게 하루이틀이 쌓이면
언제 그랬냐는 듯 원래의 나를 되찾을 수 있어요.

무기력이란 행동으로 이겨 내는 거예요.
아직 하지 않았던 것이지, 하면 할 수 있는 사람이니까요.

다섯,

사소하지만
진심 어린
말 한마디

그런 사람

울며 주저앉았을 때
가만히 안아주는 사람.

두려워 뒷걸음질 칠 때
나를 끌어가 주는 사람.

어떻게 할지 몰라 허둥지둥할 때
지혜와 용기를 주는 사람.

그런 사람 있었으면 좋겠습니다.
그런 사람 되어주고 싶습니다.

한 번쯤 시원하게 터놓고 말해보세요

고마우면 고맙다고 말하고
미안하면 미안하다 말하고
행복하면 행복하다 말하고
사랑하면 사랑한다 말하고

있는 그대로의 자기감정을
숨기지 말고 표현해보세요.

말과 사람

누구의 말은 사랑이 담겨있고
누구의 말은 가시가 돋아있고
누구의 말은 온기가 전해지고
누구의 말은 위험이 느껴지고

말에는 삶이 담겨 있어요.
귀 기울여 들으면 어떤 사람인지
알 수 있어요.

자세히 들어야 해요.

서로의 말이 오갈 때

그 사이에 마음도 오간다는 사실.

되도록 진실해야 하고,
상처 입힐 수 있는 말은
안 하는 게 좋아요.

모르는 거 같아도 다 알아요.

놓치면 안 되는 사람

놓치면 안 되는 사람을 구분하는 법은
생각보다 간단해요.

나의 진짜 모습을 보고도
나의 약점을 다 알고도

나를 소중하게 여겨주는 사람이 있다면
그 사람은 놓치면 안 되는 사람이에요.

사람에게 높낮이란 없어요

나와 대화하는 상대가 혹여
옳은 말을 하고 자기 생각을
당당하게 말했을 때
왠지 모르게 마음이 불편하다면

내가 그 사람을 얕잡아 보는
오만한 마음이 있는 건 아닐지
곰곰이 생각해봐요.

내 스스로의 가치를 깎아 먹는
마음가짐이에요.

마음을 전달하는 방법

사람의 마음을 울리는 건
화려한 말 재주와
지나친 허세가 아닌

사소하지만 진심 어린 말 한마디.

사람에게 상처를 받아
아무도 못 믿겠다면

누군가에게 크게 상처받은
경험이 있으면 그 후부터는
사람을 못 믿고 인간관계 자체를
의심부터 하는 마음이 생길 수 있어요.

충분히 그럴 수 있고 그 마음 이해하지만
그렇게 지낸다면 자신이 너무나 외로워질 거예요.
아무에게나 진심을 주는 것도 문제이지만
누구에게도 진심을 주지 못하는 건 더 큰 문제일 거예요.

그러니 상처를 받은 경험이 있다 해도
마음의 문을 완전히 닫지는 않았으면 좋겠어요.

내게 상처를 준 사람이 있는 만큼
내 상처를 보듬어 줄 수 있는 사람도
분명히 있을 거예요.

솔직한 나의 감정

아무렇지 않은 건지,
아무렇지 않은 척하는 건지.

정말로 괜찮은 건지,
괜찮은 척하는 건지.

참고 또 참으면서 속으로만 삭이면
어느 순간 내 감정의 진실이 무엇인지 무감각해져요.
매 순간 감정을 너무 억누를 필요는 없어요.
있는 그대로 풀어헤쳐 봐도 괜찮아요.

감정이란 원래 가둬두기만 해서는
안 되는 거예요.

누군가에게 진심을
전하고 싶다면

과장하지도 말고
축소하지도 말고
있는 그대로의 감정만큼
솔직하게 하나씩 하나씩
풀어 말하면 돼요.

그런 말들은 하나같이
사람의 마음을 움직이는 힘이 있어요.

인간관계

기대하지 말고 실망하지도 말아요.

있는 그대로 대해주세요.

할 말은 하되 강요하지 말고

들어는 주되 내 생각을 잃지 말아요.

거리를 둘 줄 알면서도

먼저 다가갈 줄 알고

사과를 할 줄 알면서도

용서를 할 줄 알아야 해요.

느껴지는 대로

그 사람이 찬바람인지
따뜻한 바람인지
사람의 마음을
확인하려고 하지 마세요.

사람의 마음은 바람과 같아서
붙잡아 확인할 수 있는 것이 아니에요.
느껴지는 대로 받아들이면 되는 거예요.

관계라는 건

각자의 삶이 흘러가다
서로의 시간이라는 톱니바퀴가 맞물려
인연이 된 거예요.

조금만 어긋났어도
영영 모르는 사람이 됐을 수 있어요.
그래서 사람과 사람이 맺어진다는 건
참으로 오묘한 거예요.

각자의 삶

낮보다 밤이 편한 사람이 있고
여럿보다 혼자가 좋은 사람이 있고
진전보다는 안정을 추구하는 사람이 있어요.

각자가 추구하는 삶이라는 건
강요할 수 없고 강요해서도 안 돼요.
이해의 문제가 아닌 인정의 문제이며
이해가 안 된다고 부정할 수는 없어요.

각자의 삶은 서로가 한 발짝 떨어져
지켜봐 주는 것이 가장 좋아요.

서로의 생각이 다를 때

어떠한 문제를 두고
서로의 생각이 다를 때가 있어요
누가 맞고 틀리고의 문제가 아닌
말 그대로 생각이 다른 것뿐이에요.
화를 내고 서로를 고치려 든다면
감정싸움으로 번져버릴지도 몰라요.

서로의 생각이 다를 때면
그저 내 의견을 충분히 전달하고
상대의 의견도 잘 들어주면 되는 거예요.

다른 대로 놔두기

내가 그 사람을 이해하지 못한다고
그 사람이 틀린 것도 아니고

그 사람이 나를 이해하지 못한다고
내가 틀린 것도 아니에요.

지나온 삶이 다르기에 생각도 마음도
당연히 다를 뿐이에요.

같을 수도 없고
같아질 수도 없어요.

다른 건 다른 대로 놔두는 거예요.

인연이라면

사람 마음은 노력한다고
얻을 수 있는 게 아니라는 사실을
이제는 좀 알겠더라고.

인연은 아무 노력 없이도

어떻게든 인연이더라고.

누굴 만나느냐에 따라

같은 시간을 보냈어도

다른 시간을 보낸 것 같다.

사랑의 매뉴얼

진실할 것.

배려할 것.

표현할 것.

잘못했다면 사과할 것.

나와 다름을 인정할 것.

누군가의 소유물이 아닌

함께하는 동반자라는 걸 명심할 것.

진심으로 사랑할 것.

다툼의 매뉴얼

자존심 건드리는 말 하지 않기.

자존감 낮추는 말 하지 않기.

그 상황에 대해서만 말하기.

억지 부리고 고집부리지 않기.

해야 할 말은 분명히 하기.

살다 보면 가끔은

피치 못할 크고 작은 다툼들이 일어나곤 해요.

그러나 다투더라도 서로가 좋은 방향으로 가기 위한

다툼을 해야 해요. 평생 원수가 되는 다툼은

마음의 상처만 남기기 때문이에요.

그러기 위해서는

다툼에도 분명한 선이 있다는 걸 알아야 해요.

이별의 선

간절히 붙잡고 싶어도
거기까지.

갑자기 문득 생각이 나도
거기까지.

다시 시작할 수 있을 것 같아도
거기까지.

사랑에는 선이 없지만
이별의 선은 잔인할 정도로 정확해요.

말하지 않으면 알지 못한다

말하지 않아도
알아줄 거라 믿었나요.

맞는 건 맞다고
아닌 건 아니라고
먼저 말할 수 있어야 해요.

그 잠깐의 표현이 나를 보호하는
최소한의 무기이기도 하니까요.

맞춰지지 않는 퍼즐

스칠 때마다
마음에 상처를 남기고
스칠 때마다
마음에 화를 돋우는 사람이 있어서
좋게 풀어 보려고도 해봤는데
그때뿐이지 역시나 똑같더라고.

퍼즐 조각이 다르면 아무리 애써도
맞춰지지 않더라고.

내 옆에 있는 사람

내 맘대로 내 멋대로 행동했는데도
그 사람이 아직 내 옆에 있다면
아직까지는 내가 소중한 사람이여서
참고 이해해주고 있는 거예요.

그 사람이 바보여서가 아니라
소중하니까요, 아직은.

돌이킬 수 없는

화의 무서운 점은 소중한 사람의
가치를 잊게 한다는 점이에요.

순간 욱해서 나오는 말과 행동으로
돌이킬 수 없는 관계가 되어버리기도 하니까요.
그래서 소중한 사람한테 화를 낸 후에는
후회가 밀려오는 거예요.

진심이 아니었는데
돌이킬 수 없을 것 같으니까.

사랑하되 사랑에 집착하지 말 것

내가 어떻게 하든
그 사람이 떠나겠다면
오늘 당장이라도 떠날 수 있고
내가 어떻게 하든
그 사람이 옆에 있겠다면
옆에 있는 거예요.

내가 사랑할 때 해야 할 건,
나를 떠나면 어떡하지
나를 사랑하지 않으면 어떡하지
이러한 부정적 생각들이 아니라

옆에 있을 때 온전히 사랑해주는 거예요.

알아주기

귓가에 들리는 것보다
말 속에 숨은 마음을 들어주고,
눈에 보이는 것보다
표정에 숨은 마음을 바라봐 주세요.

겉으로 보이는 건
속마음이 아니에요.

어떤 이유

이런 이유 때문에 이별을
생각하고 있다면 한 번 더 생각해봐요.

연인보다 친구같이 느껴져서.
설레는 맘이 없어져서.
더 괜찮은 사람이 눈에 들어와서.
단점들이 보이기 시작해서.

누구를 만나든 시간이 지나면 마찬가지예요.
잠깐 부는 헛바람에 소중한 연을 잃지 않았으면 해요.

사랑의 기억

그날따라 기분이 왜 이리 묘했었는지.

일어나는 순간부터 잠들기 직전까지

그저 멍하니 가슴만 두근댔는지.

가끔 그날을 생각하면

다시금

또 왜 떨려오는지.

어설픔

원래 사랑도 꿈도 일도
어설픔이 미련을 남기는 법이에요.

어설픔이라는 건 애매모호하게
뭔가 있는 듯 없는 듯
흔적을 남기니까요.

거창한 게 아니에요.

배려하고

표현하고

진심으로 사랑하는

기본에 충실할 것.

이것이 전부예요.

좋은 사람 만나기

사람을 못 믿고
사람에게 상처받고
그래서 사람이 미워도

상처받은 그 마음 치유해 주는 것도
결국 사람이래요.

사람은

무조건 양보다 질이야.

많은 사람들과 하하호호 떠들며
즐겁게 놀 때는 좋겠지만
시간이 갈수록 마음이 허해진다.

가끔 만나더라도 완전히 나를
내려놓을 수 있는 사람,
그런 사람이 꼭 필요해.

가끔씩 그냥 그립습니다.

그날이

그곳이

그 사람이

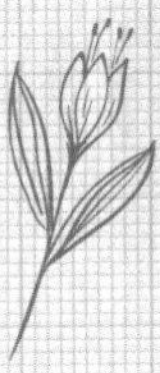

봄가을 같은 관계

추운 날에는 서로 부둥켜안아 따듯함을 느끼다가
한여름에 안고 있으면 불쾌함을 느끼듯,
때에 따라 거리의 차이를 조절할 수 있어야 해요.

나는 좋아서 다가갈 때 상대는 그럴 기분이 아닐 수 있고
상대가 다가올 때 나는 거리를 두고 싶을 수도 있어요.
이런 서운함과 오해가 쌓여
결국 서로가 서로에게 불편한 사람이 되기도 해요.

가끔은 뜨거워도 가끔은 차가워도
평소에는 적정온도를 유지하기로 해요.

무더운 여름보다 차가운 겨울보다
부담 없는 봄가을이 편하듯 말이에요.

사랑은 천천히 하나가 되어 가는 거예요

완벽한 사람은 없어요.
사랑한다고 어떻게 모든 부분이
딱딱 맞춰지나요.

서로의 조각으로 맞춰 주는 거예요,
퍼즐처럼.

그 사람이 이미 완벽하게 맞춰진 퍼즐일 거라 기대하는 건
사랑이 아니에요.

한 조각 한 조각 서로 맞춰가며
하나의 퍼즐로 완성해 가는 거예요.

사랑의 정의

어떤 사람이나 존재를 몹시 아끼고

귀중히 여기는 마음.

또는 그런 일.

사전에선 이를 사랑이라 정의해요.

그런데 무언가 부족해요.

정의할 수 없는 감정,

이것이 사랑의 진짜 정의예요.

사랑이 무엇이냐는 질문에

모두가 제각각 다른 답변을 하는 이유이기도 해요.

좋은 사람 만나세요

꾸미지 않으면 만날 자신이 안 드는 사람.
고민을 말해도 괜히 말했나 생각이 드는 사람.
좋은 일이 있어도 말하기 껄끄러운 사람.

그런 사람들 말고.

본래의 나를 보여줘도 괜찮은 사람.
내 고민을 말해도 마음이 편안한 사람.
내가 기뻐할 때 진심으로 같이 기뻐해 주는 사람.

이런 사람들을 만나세요.

인연 맺기

아무에게나 진심을 주고
아무하고나 인연을 맺는 건
위험한 일이에요.
세상에 좋은 사람도 많지만
아닌 사람도 많다는 걸 잊지 말아요.

누구를 만나느냐에 따라
꽃길을 걸을 수도 있고 반대로
가시밭길을 걸을 수도 있어요.

혼자를 두려워하지 말아요

혼자가 될까봐
외로움에 부딪혀 힘들어질까 봐.
그다지 즐겁지도 않은 상황에
억지 웃음을 지으며 비위를 맞추고
이리저리 눈치 보면서 살 필요 없어요.

그렇게 눈치 보면서 관계를 유지하느니
본래의 내 모습을 보여줘도 괜찮은
인연을 찾으려 노력하는 게 훨씬 이로운 일이에요.

찾고자 하면 더 좋은 인연은 얼마든지 있기 마련이에요.

행복했으면 좋겠다, 당신

어느 꿈은 이뤄지지 않았어도
또 다른 찬란한 꿈을 꾸길 바라고

어느 사랑은 이뤄지지 않았어도
언젠가 너를 기다리는 너만의 짝을 찾길 바라고

지금 당장 행복하지는 못하더라도
내일은 행복할 거라는 희망을 잃지 않았으면 한다.

당신이 환하게 웃길 바란다.
행복했으면 좋겠다, 당신.